Toda mulher que ama é Medeia

Patrícia Porto

Toda mulher que ama é Medeia

Copyright © 2025 Patrícia Porto
Toda mulher que ama é Medeia © Editora Reformatório

Editor:
Marcelo Nocelli

Revisão:
Natália Souza

Design, editoração eletrônica:
Karina Tenório

Imagem de capa:
Luciana Nabuco

Dados Internacionais de Catalogação na Publicação (CIP)
Bibliotecária Juliana Farias Motta CRB7/5880

Porto, Patrícia
    Toda mulher que ama é Medeia / Patrícia Porto. — São Paulo: Reformatório, 2025.
    148 p.: il.; 14x21 cm.

    ISBN: 978-65-83362-05-6

    1. Poesia brasileira. I. Porto, Patrícia de Cássia Pereira. II. Título.

P853t   CDD B869.1

Índice para catálogo sistemático:
1. Poesia brasileira

Todos os direitos desta edição reservados à:
Editora Reformatório
www.reformatorio.com.br

*Dedico este livro
aos amores, amigos que me deram o bom olhar
na tempestade: Eduardo Valente,
Miriam Paiva, Adriana Lins,
Osmar Marques (Mazinho).*

*Com um agradecimento especial
ao CODIM-CEAM de Niterói
por fazer um belíssimo trabalho.*

Sumário

Quase um prefácio..., 11

Sombra, 17
Todas as imagens que guardei, 18
A fúria e o mito, 20
Luto, 21
Meu corpo, meu sangue, 22
Mãe de todas, 23
Filha de Medeia, 24
Amém, mãe, 25
Para corpo e vestido, 26
A rinha, 28
A família, 29
Noite sem Natal, 30
Kaos, 31
Multiplicai-vos, 33
Quem tem medo da mulher, 34
Morre um poema, 35
Morte, 38

A suicida, 39
Siamesas, 40
Lagarto, 41
A morte e a mãe, 42
Fogueira, 43
Sacrifício, 44
O jardim, 45
Mãe terra, 46
Anima, 47
Sonata para a menina morta, 48
Assombrada, 49
Luz insubmissa, 50
Para o fim: o que o monstro fez?, 51
Corpo de luz, 52
Mapa-múndi, 53
Aquáticas, 54
ce n'est pas la mer à boire, 55
Bom tempo, 56
Todo não e não todo, 58
O amor e a salvação, 60
O silêncio das sereias, 61
perdidos, 62
água na pedra, 64
Algum rito, 65
Canção de Amor Nu Frontal, 66
A mulher barbada, 67

O verbo, 69

Labirinto, 70

Eros permite, 71

A bacante, 72

É tanta coisa, 74

A rosa, 76

A língua, 78

A fortuna do mar, 79

O coração é que abisma, 80

O nome do Rei, 81

Jasão, 83

O escorpião, 85

O corpo do fim, 86

Como chamar, 87

Ama a tua pedra!, 89

A bárbara, 90

Mulheres e bruxas, 92

Poesia para pagãs e pagus, 93

A sobrevivente, 95

Para abrir uma porta com as duas mãos, 97

Este é o meu presente, 98

A passageira, 100

A clandestina, 102

A herança, 104

Da língua à serpente, 105

Sim, eu tentei ser toda gente, 106

Milagros, 107
O Inexorável, 109
A cebola, 110
Ficção, 111
Noite e dia, 112
Atenas, 114
Acerto de contas, 116
A música, 117
Para escutar a noite, 118
A brisa, 119
A utopia, 121
Quando chega a noite, 122
O animal, 124
O mergulho, 126
A poesia, o mito e o amor, 127
O teatro, 128
Selvática, 130
A conclusão, 131
E assim termina, 132
Querido fantasma, 134
Êxtase, 135
Sombra e Luz, 136
Preparação, 137

Posfácio – O sorriso da Medeia, 141

Quase um prefácio...

"É preciso ter testemunhas e sucessoras
para abrir caminhos pelos ares."

Hélène Cixous

"Eu te recebo" Patrícia Porto, atendo ao seu chamado com a luminescência que possuem os vaga-lumes ao serem conclamados a brilhar. "Eu te recebo Medeia" e por também ser feita de mistério e luz "Escreva através de mim".
Imaginem o privilégio de poder compartilhar a palavra com uma escritora que fala ao encontro da alma. Imaginem pisar o mesmo chão da poesia e dança encantatória de uma escritora que abre as janelas da memória, e usando a linha da força que não vacila tece o fino tecido das novas e tão antigas "relações de memórias". Prefaciar um livro de poemas da majestosa Patrícia Porto é como dar as mãos, cirandar a vida, sentir vibrar na garganta as palavras de tantas outras vozes ressurgidas como a voz evocada de Medeia, e saber que cada palavra é também o cumprir do desejo, da ordem uterina de multiplicar, então "Multiplicai-vos".

Sim, "é preciso ter testemunhas e sucessoras para abrir caminhos pelos ares" trilhar o caminho do meio, achar nossas "pares" mulheres com olhos e ouvidos na ponta da língua, mulheres que ouçam e partilhem do chamado da escrita, que segurem as mãos umas das outras quando a vida se mostrar sombria e fria, mas não somente, é preciso endossar o grito daquelas que parem o mundo para assim, quem sabe, consigamos parir um mundo "Uma nova era mítica feminina que começará do útero das Medeias para criar uma energia plural".

Toda mulher que ama é Medeia. Toda mulher que carrega o poder da criação, a força de gerar um mundo em carne, osso, palavra e pensamento é Medeia. Toda mulher carrega o mistério do sagrado e do profano, toda mulher que possui em sua língua a "sarça ardente" da escritura, da cura da alma, do sentir, é também Medeia.

Patrícia Porto nos captura, nos transporta, perfura nossas entranhas com suas palavras aladas e nos liberta a cada verso dos poemas que compõem este livro. Sua voz/livro é um chamado, uma ordem, "O horror de não viver já basta", (machine de guerre), é tempo de romper os silêncios, encher os pulmões com o sopro da vida, fazer da escrita o pai, a mãe a "ama de leite ameaçada" deixar que a palavra atinja os homens, os anjos e os céus, que por tanto tempo mantiveram seus ouvidos tampados para nossas vozes. Ser farol, mas sem temer a escuridão que faz brilhar os vaga-lumes, "A escuridão é o milagre da luz."

Escrever para que o medo das fogueiras não seja maior que o desejo de existir, "Em todos os tempos há uma fogueira acesa em praça pública a espera de uma mulher". Escrever para atar as vozes, tocar o mistério da existência com a ponta das palavras, morder a vida, ser o deus que dança com o verbo vivo em sua boca, com o mundo sempre novo preso em suas coxas.

Ensaiemos, pois, uma dança de corpos em devir, não nos conformemos com os modelos apáticos daquilo nem daqueles que se dizem detentores da justiça e da verdade, sejamos a palavra que escapa, que se derrama, que saliva em univocidade, pois sabemos, que o Ser mulher é, acima de tudo, Voz e imanência.

Amemos como Medeias. Façamo-nos Verso e Voz

"Tudo é verso

O nada é voz"

"Toda mulher que ama não é algo, meu amor, toda mulher que ama é Medeia"

Míriam Paiva

"Os deuses sabem quem começou
esta espiral de horrores"
Medeia

Sombra

Porque somos filhas de Medeia,
porque nascemos do ventre da terra mítica,
descendemos dos ritos e da magia ancestral,
olharemos as sombras sem desviar,
sem temer a paixão e o sangue

Todas as imagens que guardei

Tenho uma covardia para chamar de minha
Sei fazer uma bela tempestade em copo d'água
para beber do meu pavor no final
Sou mais imperfeita que a esquerda da mão
Sofro de estranheza profunda
Caminho em círculos e ardo em espiral
Corro atrás do próprio rabo buscando uma certeza
e adoro controles remotos
Não sei mais andar descalça,
perdi a raiz da minha linhagem
Ando estragando o pouco que me cabe
Já fiz todas as rezas de mãe culpada
Acordo passarinhos noturnos
Me despeço da vida todas as noites
Tenho medo de acordar de novo
Gosto das melhores e piores pessoas,
ainda aprecio a solidão
Amo os pequenos gestos, as pequenas afeições
Sei costurar novas relações de memória
Só me entendo no cruzamento do entre com o nada
Sou nada
Aprendo a mergulhar no vazio das imagens.

Uma piscina transitória.
Prefiro viver sem sentido algum
Mas meu amor por você é tudo que eu
consegui guardar num totem num réquiem
numa noite sonâmbula de luz pacífica
Vou escrever esse livro, porque se
eu fosse perfeita faria música
Eu sou Patricia, a poeta, filha de Medeia.
A outra (se existiu) esqueci.

A fúria e o mito

Eu te recebo Medeia
Escreva através de mim
Eu te recebo Medusa
Escreva através de mim
Eu te recebo Antígona
Escreva através de mim
Eu te recebo Penelope
Escreva através de mim
Eu te recebo Desdêmona
Escreva através de mim
Eu te recebo Ofélia
Escreva através de mim
Eu te recebo Sylvia
Eu te recebo Hilda
Eu te recebo Virginia
Eu te recebo Nina
Eu te recebo Simone
Em mim o mito dorme e salva

Luto

O sal do peito
O sal da pedra
Um pássaro canta
na minha garganta infantil
com a tua voz de mãe
Mal da afasia
Tinha sal no espanto,
um sal de mar aberto, adentro,
um mar de tristezas
da alma

O peito do qual bebi foi o mar
— O sal —
Não luto

Meu corpo, meu sangue

corpos bárbaros ocupam novos espaços
o horror de não viver já basta
são os outros mundos ferinos
dessas outras expatriadas
dessas noites sombrias com dentes caninos
comendo a carne do tempo

são tolos os outros dias de moer
são falhos os atos de morder a própria língua

cala a boca já fui eu
quem mandava na minha boca morreu

Mãe de todas

De quantas Medeias precisaremos para
retroalimentar a terra?
Com quantas filhas das Medeias se refaz um novo
tempo carnal?
De quantas entranhas nascerá um alimento global livre?
Uma nova era mítica feminina que comerá do útero
das Medeias
para criar uma energia plural?
Quando enterraremos nossas tradições bestiais para
renascermos filhas,
as bárbaras do nosso sentir vivo, do corpo vivo
nascido das nossas vísceras e vaginas?

Mãe de todas, eu te recebo

Filha de Medeia

Não há limites para a dor
Se correr a dor te pega
Se ficar, ela te ganha

Nas entranhas da terra
Toda mulher é dorfilha
Toda mãe é filha de Medeia

Amém, mãe

A memória cuida dos destroços desavisados,
cerca de arames e flores as mensagens de "não entre"
A memória enfeita de pedras o último lar de danos
A memória cuida de limpar nossos ossos
e os ossos das casas que desabitamos
Na casa da avó todas as meninas
fizeram doce morada
Todas as meninas tomaram banho de alecrim
antes da oração e do acendimento das velas
A memória cuida do nosso sangue e herança,
todos os derramados na terra de antigos
O vento há de levar
A memória funda assim um novo inventário:
é proibido não luzir por hoje
A memória é a própria invenção da filha:
animal de asas
Inventa o pai
Inventa a mãe
Inventa que estamos vivos
e que permaneceremos limpos e intactos
Amém, mãe

Para corpo e vestido

Através das horas que me consomem
com nicotina barata
esforço-me para rimar sentir com não-sentir,
viver com não-viver
Sucumbir já não posso
Através das horas ansiosas das montanhas russas
com roletas russas apontadas pro meu peito repito:
todos os teus jogos são de azar,
todo teu caminho é rejeição,
todo teu projeto é o impossível dizer.
Todas as tuas bonecas russas eu me tornei,
mas você nunca soube brincar
Através dos fantasmas do meu quarto
vejo a tua alma desfilar com certa doçura,
a leveza habitual do teu gênio ambíguo.
Mas teu ou meu amor nunca existiu
em ti, fresta umbilical
Preciso de uma dose absurda de desejo para
continuar subindo a mesma montanha
Todos os teus princípios me precipitam ao erro
Através dos dias caindo no sono da memória
vejo teu vulto e teu fantasma:

minhas mãos são tão pequenas!
Afinal teu nome é viagem
Não posso voltar para dentro do escuro
nem escolher o destino que disseram ser fora.
Só me resta viver sobre o meu corpo,
aninhando em mim a palavra liberdade
Criada onça, ventania e verdade,
filha do vento, da morte e daquela estrela ali,
aquela estrela aqui
que me é guia,
que me é divisa
entre a quebra do pacto e o sagrado,
entre o meu divino e o mistério maior

A rinha

Eu tenho uma memória,
mas ela é a natimorta.
Uma memória esvaziada
do quintal do pai, uma talvez
de não tão verídica, se morta
Mas lembro da rinha de galos
e de como aqueles bichos se sangravam até morrer,
invisíveis na noite dos cativos

Meus dez anos eram ralos e estranhos
Eu era a estrangeira andando numa infância
de pernas de pau
pelo quintal do meu pai: médico, jaleco branco
Os bichos sangrando até a morte:
era rinha para muito eco no peito
nos apagamentos das nossas ruínas

esse cravo tão despedaçado

A família

O que é a palavra diante do fato?
O que é a palavra diante da mentira do fato?
Do enfado?
Do domingo de futebol?
Do gol que invade o subúrbio quente?
Do engodo?
Do som inaudível?
Vai levar tua tortura para onde? Vai guardar
teus olhos em qual escuro? O do revólver?
Vai guardar teu coração em qual caixa de apertar?
Vai ouvir tua oração?
Teu irmão? Quem vai cuidar?
Tua casa inundada de silêncios e morte
Quem vai guardar?
Com quantas caixas vazias se faz uma história?
Quem vai segurar a memória nas mãos?
Tua infância distraída sem direção
volta para o armário
Com quantos golpes se faz um país?
Quantos caixões?

Noite sem Natal

talvez amanhã o avô acorde
o acordo foi este
talvez um acorde:
nota sol o levante
numa rosa de espada
da batalha sangrenta
com soldados de chumbo

talvez a tia acorde se o sino tocar
a Ave Maria de Schubert
porque o acordo foi este:
um Sol que levante
como testemunha da execução

em dias de novas palavras e céu azul
talvez eu acorde em casa:
minha velha na varanda entre meus escombros,
uma carnificina
por um abraço de sossego

Kaos

no meu olhar:
minha mãe alva e ostra
deitada viva e morta, tão branca de tudo,
anoitecida de suas lembranças
por que morreste tão antes do dia da tua morte?
tão antes de eu me tornar criança?
minha mãe com seus olhos gigantes
suas mãos de aranha,
enredando o tempo
mastigando as almas com seus caninos,
afiando as unhas em nossa carne,
nos envenenando docemente o terreno da vida
minha mãe concha
minha mãe que não gostava de mim
que era branca de tudo
a ostra marinha,
a atriz no telhado
dançando uma valsa sem fim
por que morreste antes da minha hora feliz?
antes do amor me chegar por invenção?
ostra desértica, alva e limpa
como vou me vingar de você, mãe?

com suas mãos de aranha
seus dedos firmes num calendário de horrores
mãos de fada que se suspende em trapézios sem rede
ostra telúrica, candura do tempo
força trágica com sua branca face
como vai pagar o amor não cometido?
como vai soprar e morder mais uma vez?
ostra ambígua, umbigo das minhas mortes na terra,
como vou me salvar sem sua ausência tão forte?
ostra violenta e marinha
mar que vem do Norte, sombras da minha dor
quem vai socorrer o meu parto?
o meu amor partido pelo mundo?
o meu medo de amar e te encontrar de novo?
ostra ferindo a estrutura,
branca, branca, branca
solta no espaço a trégua que não conheci
eu vou me vingar de você, mãe,
e ficar por último

eu, a pérola do teu umbigo
o monstro e a luz que nasceu das tuas dobras

Multiplicai-vos

Procrias porque este é teu mandato
Multiplica teus pães e teus pés
Tuas aranhas e tuas teias
Tua fome e tua miséria
Procrias porque é assim o mundo
E o mundo te violenta na menina
No olho gordo que também me engorda

Mostre o dedinho...

Quem tem medo da mulher

Dos medos seculares
o maior medo não é o de morrer
É o de viver com medo
É o de correr com medo
É o de comer com medo
Voltar para casa com medo
Medo de não ter casa
Medo de morrer na casa
Medo de viver na casa com medo
O maior medo do monstro é a mulher
O da mulher é ser mulher com medo

Morre um poema

Há um deserto entre nós
Um poema nos espera e já não sabemos
como será o fim ou o começo
Há um país entre nós e bem não sabemos
as palavras do novo dialeto
Como seguir amando neste idioma que é só meu?
Há uma ponte entre nós e já não sabemos
atravessar pontes ou construir pontes.
Um poema espera na mesa de jantar e está esfriando
Há uma fera entre nós e já desaprendemos
a alimentar as feras
Nós só matamos as feras
Um poema espera na geladeira
ao lado de um tomate,
uma lata de refrigerante, um cigarro apagado dentro
Já não sabemos a gramática das geladeiras
Qual língua fala o poema? Amor?
Há uma armadilha entre nós
Uma espada, um travesseiro
Já não sabemos desarmar as bombas

Nós plantamos recentemente
aquelas minas no jardim
Um poema espera a vez de morrer
Está exausto
Anda no calabouço dos banidos
Está magro
Está pálido
Morre aqui e ali, corpo esfarelando na pedra
Há um abismo, uma montanha, um
mar, um dilúvio mítico entre nós
Um poema espera uma rima fácil,
um trocadilho, uma quebra ao meio,
um erro primário de mulher
Está verborrágico
Prolixo
Há uma noite triste entre nós
Um passado extinto
Um passarinho que não voa
Um clichê capenga reclamando de solidão e saudade
E há esse teto e esse chão entre nós
Entre as linhas
Entre as outras
Entre tantos:
uma baleia que canta
Há um útero entre nós
Um édipo, uma bailarina e um soldado
Há uma voz passiva, uns encontros submissos,
umas doses de cicuta entre nós

Um poema aguarda o tiro final de clemência
Urge ser sacrificado
Está sem notícias
Há esses olhos doces nele
e eles choram

Morte

o quarto vazio
com sussurros
e um perfume de jasmim

A suicida

Todos os dias eu colho flores para ela
Sei que nunca receberei um aviso
Sei que agora estão mortas as flores que colhi ontem
A sombra que ela carregava no rosto
O sol que ela carregava no vestido de flores
A lua que ela gostava de dizer o quanto é bela
Todos os dias eu rego a mesma notícia
Nenhum estrangeiro voltará da tua terra
Ninguém virá me dizer da tua verdade
E a tua liberdade de mãe, filha, mulher
e a tua beleza
Ainda hoje me cortam o umbigo ao meio

Siamesas

Somos eu e ela siamesas
Gêmeas da mesma loucura e apatia
Somos eu e ela urgentes
Filhas da mesma arte de matar e morrer
Somos eu e ela tristezas
Velhas canções esquecidas,
Abandonos de mulheres,
Ódios às mães
Somos eu e ela siamesas
Gêmeas da mesma perna de um deus
Somos espelhares,
Reflexos da mesma origem,
Da mesma flor de não-ser
O Malmequer
Somos eu e ela frutos interrompidos,
Filhas da mesma árvore
Do mesmo céu e do mesmo inferno
Da mesma boca gigante
Que cria e mastiga animais da mesma espécie

Lagarto

Na floresta negra
As criaturas se revelam
Como sombrias são as nossas inquietações
Como são obscuros os nossos desejos
Através do tempo penduramos roupas
No calabouço da história, mas a vida quer romper
O útero urge, quer romper
Na floresta negra
A água quer romper para a passagem
Do fruto que rasga as carnes da velha mulher

Sonhei que tinha parido um lagarto
Sonhei que ele me devorava após o parto
Lagartos nas pedras me dizem
sobre o quanto sou primitiva
Talvez haja mais humanidade
no lagarto que no parto

A morte e a mãe

Quando eu pari a morte
minha mãe me disse:
nem todo corpo aguenta um filho

Quando eu pari um filho vivo
minha mãe me disse:
para ser mãe não pode estar quebrada

Quando minha mãe viu a morte, me disse:
minhas doenças agora são a tua herança

Quando eu vi a minha mãe morta
eu disse:
Por que não me amaste, mãe?

Dor maior é ver a mãe que não me ama
morta

A filha é o sofrimento da mãe
A vida é trágica
A mãe é a tragédia
Eu não perdoo

Fogueira

Em todos os tempos
há uma fogueira acesa
em praça pública
a espera de uma mulher

Sacrifício

Nenhum sacrifício foi em vão
Todos te levaram à bendita morte
Mas não era a própria morte que querias
Arrancando as flores para comê-las?
Alimentando leões em teu jardim?
Hoje és a flor arrancada do útero
Hoje tua carne exposta sobre a mesa
Alimenta as feras
Teu corpo branco
É o cordeiro da casa

O jardim

Tem noites que o sonho não vem,
noites de desamparo e medo
Noites da criança correndo pelos
corredores sombrios da casa antiga
Tem noites que o adulto fragiliza
e a criança acorda no meio da vida
que o adulto esqueceu no armário
A criança do adulto precisa acordar
todos os fantasmas para que ele volte a dormir
No silêncio das sombras, os gritos do mundo
invadem a pequena cidade abandonada
Há tanto tempo entre um ponteiro e um farol
A madrugada escura passa por baixo do mar
e o sol reaparece para que o adulto desperte
e a criança possa continuar sonhando

Mãe terra

Aqui mora a criança que foste:
entre a terra e o mar,
a descoberta e o enigma,
a escuridão e as estrelas
Os adultos conversam sobre guerras
e compromissos inadiáveis,
aceleram o tempo sem propósito
e vendem ilusões da perfeição
Dizem conhecer a verdade,
os números, a razão e o universo
Estão tontos de poder bélico nas mãos
Toda ambição do adulto termina em dor e morte
Mas tua criança não sabe
Ela cresce correndo nos campos sem nenhum senhor
Está com os braços abertos e avança
Passam aviões rasgando o céu
Nenhuma bomba cairá sobre vossas cabeças
Estás salva e segura
Teu mundo respira
tua beleza é sem par

Anima

Beba da vida o que for do espanto e da dor
Busque o conhecimento onde puder achar
Aprenda, roube o saber, coma do outro sem pena
Devore as possibilidades
Não defina o futuro
Duvide das suas razões
Alimente-se do humano, no seu melhor e pior
Não corra para a luz
sem levar sua escuridão na bagagem
A escuridão é o milagre da luz
Olhe para trás se esquecer de perdoar um amor
Não perdoe doutrinadores, moralistas e
gente enfadonha, isenta - são os piores
O mundo não estará aos seus pés
O mundo não será seu
O mundo existirá sem você
Contemple a exuberância da música,
do corpo livre,
da poesia
e do poema

Dance com eles
Reze com eles

Sonata para a menina morta

Nasci das notas graves,
estou cheia de vida e não da vida
creio ter encontrado um pássaro na boca
e ele canta para o meu interior,
dissolve desagravos
lá no peito do inegociável
onde descansa silenciosa
a criança que sempre fui
e serei

O que sai da minha boca é agudo

Assombrada

do outro lado do amor tem uma pessoa
sempre na mesma casa
assombrada

Luz insubmissa

O deus Sol nunca nos abandonará
enquanto existir o som da relva,
o dia, o recomeço,
a nova terra
Mais forte que o amor é o poder do Sol
e da unidade

Para o fim: o que o monstro fez?

amar como quem sai caminhando pela ventania
saber que o único motivo da espera é a demora
alcançar as folhas que correm
aparelhadas pelo fim da estação
ouvir o coração na garganta
e amar como quem lê Rilke e ainda chora
cuidar da morte sem corpo do ser amante
cuidar de entender os mortos de sempre
realizar que toda morte começa no ventre
enterrar junto aos ossos as memórias do jardim
para colher efêmeros
como quem também morre ao anoitecer
e renasce mais forte e respirando
amar efêmero
e ser bela como a rosa viva
respira de novo:
toda mulher que ama não é algo, meu amor,
toda mulher que ama é Medeia

Corpo de luz

o amor que surgiu da glória
e da esfumaçada alegria
é o amor que surgiu da pele
em seu contraditório saber:
quer ser reto,
mas é caos desviante

amor torto,
esfumaçada memória
do cosmo luzente

tudo muito bem-dito
entre nossas sedes
até ser nada,
areia que o vento colhe,
espalha a alma no chão

onde havia espera
agora é mato

Mapa-múndi

É no meu corpo que esse poema acende
É no meu corpo aceso que o amor se deita
É sempre no meu corpo o seu abrigo, a sua sanidade
Nos dias de doer a alma, ele me ocupa os cômodos
Estou preenchida de sua presença iluminada
estou repleta de fortuna e festa
o amor me oferta o passageiro, o caminho
e a viagem
sem derramar uma gota de abismo

O amor acende a vida, cria sua própria bondade
No amanhecer de um novo tempo
é banquete, primavera, o único retorno possível
para a casa de nossas vidas
e é no meu corpo que todas as luzes se acendem

Aquáticas

Teu corpo é mar
Sal dos meus olhos
Noites em que desejo
o úmido de líquidos que atravessa a terra
E que molha os efêmeros,
a pequena relva que escuto
e enche as calhas
Teu corpo é meu transbordamento
depois da vida que não vivi
A terra fresca de sal e mar, rio,
águas doces, cachoeiras do meu mapa
a terra que canta e beija,
e a terra fecunda do povo
é a nossa testemunha, nossa cúmplice,
paragem de beber,
ser e voltar-a-ser e ser-contigo
As ondas fazem as tantas
sereias, serpentes, onças
se mirarem em toda beleza que sou,
em toda beleza que és,
a água-viva

ce n'est pas la mer à boire

Porque te busquei em todos os lugares,
e estive perdida em tantas distâncias,
idiomas, cidades, pessoas
e segui reta a profecia dos deuses
para avistar teu rosto lindo
numa esquina do sonho,
numa vida estrangeira:
o teu fantasma vivo me queimando,
um novo corpo místico da linguagem

Porque o vazio da injustiça me preencheu
quando fiquei sombria — e era a dor
Porque sei mais da terra o meu exílio,
Porque sou a única lúcida desse amor
e ainda repito: não será o fim do mundo amanhã

Hoje é apenas a água batendo nas pedras,
a incerteza, os transitórios
e uma flor que eu trouxe nos cabelos para te dar
Não será nenhum fim amanhã, meu amor

Prometo
Volte a dormir

Bom tempo

teu gosto ainda mora em mim
tua festa, tua mordida
teu odor dentro do meu
teu cheiro de sal
e a pátria distante em teus olhos

ainda moram em mim as tuas mãos
queimando a pele
teu paladar de anis
tua falta de sono
teu desespero de ir
tuas desordens em ser apenas o agora

ainda vivem em mim as tuas palavras
tua voz enchendo os dias com meu novo nome

é dezembro
amanhã eu renasço serpente
dos meus seios
e me encontro em casa

espera
há divagar
o amor renasce da divindade da infância

Todo não e não todo

esse abismo sensível que você trouxe
esse poema sem conceito
esse caos equilibrado
essa chuva
esse átimo
esse término
nostálgico
parece frio
parece gelo
parece água
neve suja
parece fluída
parece fundo
e é falso
parece noite
e é dia
parece círculo
e é corda
parece ontem
e é hoje
parece comigo
translúcida

parece um gato
e seu novelo
parece fogo e
o assombro
chagas perdidas
do primitivo
— Até parece
esse começo
essa boca,
esses pelos e
essa vertigem
de novo
esse desejo
essa desvantagem
sem culpa
— Até parece

O amor e a salvação

Teu nome se comunica com o céu,
um gozo
Te chamo por ele,
teu nome próprio, teus desígnios

Margeando os silêncios que provoco
teu nome me habita o indestrutível,
uma esperança de casa,
uma invenção de paz

O amor, novo morador das memórias,
segue no acúmulo dos papéis,
construo poemas e abrigos antibombas
desarrumo presságios
e recrio a salvação

O silêncio das sereias

saudades daquele amor puro
de flores e
cartas
para casar todas as feiras
de pendurar-se em embarcações
ouvindo e abraçando sereias

saudades daquele amor santo
sem mortos nem feridos
sem nenhum derramamento de sangue

amor puro, me encontre lá
em todo jardim
nossas pernas abraçadas
anjos na cabeça
anos no corredor
de espera

abraçando marinheiros
ouvindo o silêncio das sereias

perdidos

Amar o perdido
é validar o coração
Ama-se o perdido para
alcançar outro horizonte
Ama-se a perda para ouvir
o silêncio de efeito estrangeiro,
o mais dentro da casa, o impossível.
A casa agora é outra e não lhe veste mais
as pernas, os braços, a cabeça
Seu crescimento rompeu a dura pele da casa
As crianças correram libertas,
já não cabem na casa, nas pernas
Nos braços, na cabeça
Amar o perdido do tempo,
o perdido da pedra
e o perdido de silêncio ruim
Seu segredo não cabe mais na casa
As crianças correram
Ninguém cabe na casa
E a casa está morta
Invadida por piratas,
patuás e imperfeições

A casa não sobreviverá fora dela
As crianças seguem livres
plantando jardins
nos campos da prenhe criatura

Ama o teu perdido e vem comigo
Não demora o mundo invadir o jardim

água na pedra

Ah, o Amor...
Uma rua obscena, uma câmera escura
que cruza dois ou mais perdidos
sem sair de seu objeto, o amoroso
Na arrumação da cena que o oculta, explícita
Explicito é o sexo, observo
os inevitáveis na porta de entrada e saída
Feito a morte, em absurdo de domínio e declínio,
sem qualquer controle é a liberdade
Sempre em contra adição
Te conformas!
— Aguarda
e coloca flores nos peitoris

Algum rito

Eu gosto mesmo é de ser simples
De amar simples
De acreditar simples
A arrogância do complexo me desinteressa
Não perco uma vírgula com ele
Observo simples entre a tonta e o bicho
Não louvo os deuses no Pantheon
Escrevo simples, bem perto das
mulheres da floresta, as que riem
Vejo na linguagem a mais nobre roupa humana
Tento aprender nos afetos das crianças e dos animais
Gosto de caminhar no bosque e
atravessar o tempo sem cinismo
Amor tem que trazer um punhado de sorte
Precisa adorar os deuses benditos da distração
Louvar o terreno profano das pequenas liberdades
como no céu das amarelinhas

Canção de Amor Nu Frontal

por que ainda não chegou?
tantas horas, anos, círculos lunares?
por onde os olhos de sol chegam nesta casa?

trouxe pão, homem? tem fome?
um lobo na porta me cheira.
a vida é no corpo frontal, amor nu

trouxe conforto, homem? tem fome?
agora que me deito no chão
acendo todos os clarões
coloco a água no fogo

— candura é foder contigo sem relógios
marcando os sisos, os risos,
e os sinais dos nossos dias mundanos

A mulher barbada

Acordei eu mesma
Porque mergulhei nas suas mãos e no
seu estudo de dissecar espécimes
Porque deixei de habitar o devaneio
e mergulhei meus mamilos nas
suas águas de compor
Porque me arrepia a pele de dentro,
deserto de linguagem, seca no osso
Porque me devora enquanto penso
Porque me alivia enquanto afeta
Porque me aflora o gesto, a língua crespa de gato
Porque corta os meus cabelos e repara o banal
Porque me divide os países e as
cidades em altas e baixas marés
Porque me avisa e invade
Liberta e prende
Vive e morre
Renasce vespeiro e é som, flor, ferida, incêndio
Porque me oferta o cálice negado
e me salva com suas dores,
a espinha rígida, o seu amor e ódio do mundo
Porque me acende a luz no horizonte e me calcula,

me come com seu dorso de animal mitológico
Porque me come e me engole,
me afia as carnes, o objeto
Porque me deita no ruído de bicho
e me corta o lábio na barba

O verbo

O poema de amor que eu faço é para ele
É para ele a imagem que eu desenho no céu da boca,
a língua em seu rumor
É para ele a fatia de esperança última
É para ele os meus olhos que abraçam a penumbra
e o crepúsculo cintilante nos versos de Mallarmé
É para ele a madrugada dos meus vadios
A vírgula que desorienta o sujeito
Minha sintaxe firme, mas frágil
É para ele o que dedico em meus
cantos de saudade e augúrio
Na sua ausência agito o meu sangue
e derramo o meu corpo,
meus cabelos, minha vontade de entrar no infinito
do sono, da calma, do mar, da chuva que agora
atravessa o meu rosto, a flor,
a nuvem da idade,
o fio do nada
que nos faz tão vivos
E é sempre no meu corpo
que a sua presença acorda

Labirinto

No real Cnossos, em Creta,
no fogo do sonho
nós brotamos
morangos e frutos abertos
Nossa aliança é a terra
que germina um daimon
Um dia de Hera, outro de Hermes

Nós dançamos e amamos
O mundo espera

Eros permite

hoje eu me deitei na cama com
minhas botas de chuva
minha camisa branca manchada de
sangue maculou os lençóis
eu entendo mais das esperanças nos meus
olhos míopes que da tristeza no teu prato
eu vivo mais dos sonhos no meu templo
sombrio que da morte e do fim

eu não frequento cavernas
eu não decreto términos
eu inicio histórias

as nuvens passam espessas
como as nuvens da tua cabeça
eu abro as janelas e as cortinas
para entrar a ventania
sou uma arma branca deitada na cama
com botas de chuva:

sangra comigo, amor
Eros permite

A bacante

o teu corpo ancorado no meu
a tua pele me faz sentir que eu sou
o que sou e não temo
o fim nem o não nem o falado
ou o riscado no chão

já não corto na carne
da morte a fina sombra
nem sou de fingir ser tão feliz
nas telas de ocasião
e só finjo do desejo o que respiro
pois teu corpo tem a chave do segredo
e abre em gomos o meu sagrado
sagrada boca que me beija

no sal da vida que me racha os lábios
todos os lábios
na língua que me toma
no verso que me doma
e eu já não controlo o não dito
o comido no ontem
no ontem mal vivido

da noite mal dormida
já não me cabe a poesia fria
sem tua festa divina

meu mais belo corpo
colocado em mim

Porto sem medo
Parto sem dor

É tanta coisa

Oi, amor
eu fui lá fora consertar o tempo,
ajustar uns planetas,
borrar teu mapa no Zodíaco.
fui lá fora procurar um sol,
fui ler o meu corpo emborcado no caos
pra pegar uma segura distância,
fui segurar a mão do vento
porque ele nos governa a memória

Oi, amor
eu fui lá fora entornar o leite do peito,
fui sangrar o corpo nu na rua e
catar os meus pedaços no jardim
eu fui lá fora criar uma nova espécie
de calma,
fui tomar um ar e ouvir a alma velha
da rua sem você,
fui assistir o mundo cair
em 70mm de pus, medo e maldade

Oi, amor
eu fui lá fora para olhar de fora as estrelas
olhar no olho mágico da lua,
deitar meus cabelos na língua do abismo
fui concretar nosso óbvio em palavras
e fechar as portas do meu colapso elementar

Oi, amor
eu fui lá fora quebrar um espelho feio,
andar na berlinda da pouca e magra história,
queimar umas ervas daninhas,
soprar casa de porquinho,
cantar com gente indecente,
andar com os porquinhos da casa
e jogar todas as pérolas ao infinito

Oi, amor
eu fui lá fora de pernas de pau,
fui de vírgula e espaço
tateando em mandarim,
fui golpear a saudade
com machadinha.
eu fui lá fora escutar outros silêncios,
lá tão fora,
lá tão mais fora,
lá onde ninguém cabe
sabe esgota ou morre sem parar,
lá onde o amor sempre se salva
Voltei com esse poema:
e é tanta coisa

A rosa

O que eu mais admiro nesse amor
é sua observação do objeto amoroso
Sua existência ficcional e embaraçosa
Algo que sempre vai antes do pensamento
e da carne
Assim como a poesia que escapa,
as favas já estão todas contadas

O que eu agradeço nessa situação de amar
é me desconhecer por completo no outro
e na escolha da outra
A rosa é rosa tatuada no músculo
Uma engenhosa inscrição que diz que aqui
estivemos juntas
na mesma casa de sonhos

Agita o sangue a descoberta
e faz sonhar escândalos

Anoitece com esse cheiro doce rasgado
do que veio maturando em frutas há séculos
É primitiva, gutural, princípio oculto na pedra

É uma rosa latina, um punhal, a raiz da palavra
Uma clandestina que escapa de morrer
sempre por pouco, pendurada na fala

E te leva, flor na pele, em sangue festivo no corpo,
vestígio original de uma língua em curso,

a viva, a que compactua
do amor
a mais bela fundação

A língua

Não é sobre a morte que eu te falava.
Não era sobre o desespero do peito seco,
o bezerro desmamado.
Não era mais sobre o relógio quebrado,
teu pai naquela foto contigo.
Não era sobre o vulto do que te entristece
ou te amedronta.
Não era sobre as tuas roupas no armário.
Não era sobre os desvios que fiz pra te encontrar.
Era sobre a chuva que caiu ontem
e molhou o meu rosto.
Era sobre o meu rosto olhando
o teu no espelho através.
Era sobre um passarinho na janela do banheiro,
pousado no frio. Esquecido de
si. Cantando. Cantando.
Era canto sobre voar em círculos.
E eu te falava do amor e do como
era distraído viver o nós entre
línguas, matéria, metafísica. Círculos.

Era sobre a morte, mas eu menti.

A fortuna do mar

Cada onda traz um aviso de mergulho,
resgate de sonhos náufragos,
histórias que se levantam,
insurgem de esquecimentos tantos
Sagrada, profunda cor de promessas
trazida pelo mar de urgências
Impossível é conter tanta força da vida

A natureza se impõe pela rebelião dos pássaros
Na areia escreve a rosa, a voz e o ser
Ponto final

O coração é que abisma

teus beijos são fantasmas
que me assombram
docemente o porvir

O nome do Rei

Aquele que veio do mar
invadiu nossas terras,
colonizou nossa língua,
destituiu o amor com suas leis,
prometendo ser amigo
Comeu das nossas carnes,
riu da nossa miséria
se vangloriou de seus feitos
nos exibiu como troféus,
tolas conquistas
Atravessou nosso país com suas armas
buscando outras carnes, outros destroços,
mães, crianças, barcos afundando.
Deixou sua devastação pelo caminho,
cicatrizes de seu açougue,
corpos esfacelados por seu desejo.
Quando questionado, bocejou desdenhoso
ignorando quem ficava pelo caminho.
Fez pouco de infortúnios,
violentou esperanças,
chamando de mentira nossa verdade

Aquele que veio do mar
colocou suas patas sujas em nosso peito
para depois se vestir de nobres sentimentos,
o carniceiro
Olhamos do alto de nossas cabeças
olhamos do alto de nossa coragem
olhamos do alto de nossa linguagem
e agora sabemos que seu nome queima
o nosso lar

Queimaremos seu nome em nossos corpos
e não deixaremos cinzas

Jasão

para onde vão as palavras que guardas?
em qual túmulo das palavras seguem teus
tantos não-ditos, em qual templo ocultou?
em qual casa da palavra vão morar os
segredos que sufocaste na língua antiga?
as malditas ordens de esconder verdades
e mentiras, as que jogaste no deserto?
as garrafas extraviadas pela falta de
mensagens. para onde vão?
os teus dias que esqueceu de viver nas rotas
dos mapas, e os mapas esquecidos de ler?
onde vão morar tuas certezas de dizer?
os soluços da tua criança pequena?
onde guardaste tua mãe segurando
tua mão pequena?
com qual papel dos deuses embrulhou a
tua bendita vez de dizer sim e não?
com quantos anos vais morrer
de cansaço e obediência?
quando vais desistir?
em quantos dias viveste o melhor
dos anos que não viveste?

para onde vão tuas massivas não escritas?
teus desejos de amor?
em qual idioma vai traduzir
quando te levarem a visão?
que dia, ano vai comemorar a
morte dos teus sonhos?
pobres sonhos, Jasão. pobre profecia.
que luz levará tua alma pequena?
que luz terá a tua palavra cega e trôpega?
onde estão teus argonautas agora que vais morrer?
que veneno preferes beber antes de viver?
com quantos anos voltarás a
nascer? com que palavra?

a vida não fez sentido, Jasão.
os deuses razão não têm
os meus sonhos, eu te sussurro, têm muito sabor.

O escorpião

Na toca o escorpião se deita em seu próprio veneno
Envenenar é da sua natureza
Trair a expectativa da presa é da sua natureza
Matar o que lhe toca é da sua natureza
Morrer também será da sua natureza

Eros permite

O corpo do fim

Precisas morrer!
Porque tua alma sangra
Precisas morrer!
Porque tua alma é grito
Tua lama é o cisco no olho do pirata
Tu que doaste teu corpo em potes de tuppeware
limpando e sujando as tuas paredes,
sangrando nos cantos sujos das casas
que te desabrigaram

Precisas morrer hoje!
Comprei bala de prata e estaca
Sangrei teus poemas no escuro do mar
Rasguei teus amores de festim
Hoje decreto a tua morte perene, vampira,
a vazia das passagens,
a sem self no espelho

O sangue desmamado de nada valeu
Mas, olha, a chama escarlate vale a outra,
vale ouro azulejo, vale sempre o que se deseja
sem temer

Como chamar

À noite quando ele chegava do mar ou da floresta
vinha assoviando uma canção com
seu olhar de peixe morto
E nada estava tão vivo quanto o que
eu abraçava em meus braços,
o teto da casa e o branco azedo do mundo,
o chão de enxofre, o elemento químico e o feitiço
Sim, era doce, doce e amargo,
ácido ao mesmo tempo, o sabor
Não havia mais o que antes havia,
o tempo era infinito, uma chaleira
virada para o Sudoeste
E aquilo de ser queimava, aquele
flagelo feito com manteiga
era servido com o chá da vida
A vida não era mais o antes da vida,
a vida era eterna por segundos,
água pura dentro dos corpos dos dois seres mágicos,
visíveis e invisíveis,
comunicados e incomunicáveis

A chaleira era o tempo fervendo, borbulhando
em cem graus celsius
E depois... depois veio a onda,
veio a ressaca,
o tempo engolido por Leviatã
Veio a certeza da morte e a incerteza,
o destinado e o delicado
Mas uma célula ficou grudada em meu brinco,
uma célula era o suficiente para deixar inscrições
do vivido e amaldiçoado,
borbulhando na chaleira do tempo

Vem, vamos beber o chá

Então é o que eu digo sobre a profecia:
vivemos cinquenta anos juntos,
desde o nascimento até o casamento,
até dividirmos a pedra
como nossa aliança única
Depois veio castelo,
o mar,
o êxodo
Nós éramos a areia,
os grãos varridos do tempo-deus,
borbulhando na chaleira

Ama a tua pedra!

do acidental jogo de imagens
meu pé encontrou a flor
achei que era pedra e era flor,
nasceu no meio da imagem e era flor,
nasceu da pedra e ficou bruta,
feito morta,
feito viva
tranquila e amarela,
átomo e fuga,
água e criatura
— floresceu sem parar

A bárbara

Há um grito no poema que eu pensei escrever,
corpo estrangeiro à beira, fogo se
ocupando em arder a terra antiga
No poema que eu pensei há uma
linguagem que me sonda como os anjos
que se ocupam te seguir em guarda
Há uma respiração de signo urgente e o
medo do ego que é o medo da morte
Ontem eu não respirei e morri um pouco
Meus pés caminharam na lua do sem ar
Eu estava descalça como o poema
Eu tinha os pés limpos e um grito se
ocupando de me manter viva
Um grito de alguém que ainda vai nascer de mim
Um grito-poema feito da bondade
dos esquecimentos
Sou uma mulher livre ocupada de virar
matéria, argila, memória esculpida
Sou o poema pensado e toda dor de
andar com os próprios pés
sem chão

Gosto de lamber abismos como se um gato fosse
e me ocupo de improvisar meu animal perdido
na noite triste
Coloco meu ouvido na porta
para saber quem vem lá:
"já estou limpa, meu corpo é doce"
Os anjos que te falei vieram se ocupar de mim
É quase tarde
Sou a bárbara dos teus desígnios de amor

Mulheres e bruxas

que nos seja devolvida
a vontade do segredo
a verdade do silêncio
a velocidade do sono
a margem do sossego
a imagem no espelho
sem espelho
o amor que deixamos
no escanteio

e se não devolverem
que tomemos
que dancemos
e dancemos

Poesia para pagãs e pagus

Para Giselle Ribeiro

uma mulher se desprendeu dos meus braços
era outra a outra
e eu mesma a outra nela nascendo
partindo de mim em volume de água
a planta aquática e faminta de luz
retorcida em todo corpo
dos dedos dos pés até o alto
envolvida torta nos meus cabelos
atravessada carnívora na carne doce
me esmagando até o sufocamento
nutrindo-se de minhas partes moles
e sólidas sem camuflagem
penetrando músculos e dentes
misturada ao que eu era e não sou
nela crio argila humus e lodo
na outra agora sou lama pântano unhas
com tronco prótese osso enigma
e já não sou a sozinha
eu a procuro por dentro
o miolo a ilha a vida

somos legião a fenda o abismo
a nuvem de borboletas cigarras
temos essas várias cabeças
nelas abro a boca e respiro
revirada pele
da nova habitada:
a outra que me vê
que me come viva com olhos e mãos
línguas de serpente
filhas da mesma pária
da mesma dor e morte
irmãs do medo, da insônia
vestidas da memória
do fogo no céu na origem
filhas da mesma mãe e sonho
da natureza extrema
da raiz e da noite

filhas somos e seremos
filhas seremos do fim
filhas da flecha do desespero
das delícias do paraíso
vozes pagãs
de Medeia
— vozes pagus
da poesia

A sobrevivente

essa dança que faço é comigo
o espelho colocado inverso no solo
é o jogo suspenso da vida
com os arames de corte que desafiei

o ofício do corpo:
essa dança no quarto
é passagem da vida

o ofício das horas: escorrer
pela casa através da rachadura
do teto

se é vão de certeza
a trama de existir ao
contrário
tanto também guardo
resposta: sou a serpente
que dialoga
e ri

já desarmei os gatilhos
mas restou-me tuas vestes
que hei de pendurar como bandeira
no ofício da morte:

saber de todos os meus mortos por dentro
são ossos
da velha esperança
mergulhada na terra
cavando da própria alma

— Vestida da noite e da lua minguante,
repleta de minhas sombras,
sendo eu meu próprio monstro,
darei do meu leite bom ao sonho

Para abrir uma porta com as duas mãos

Pegue seus instrumentos
As portas têm diferentes idades e tamanhos
Abra com as duas mãos sujas do tempo
Abra sem olhar para trás, sem prender os
dedos na parte velha corroída de farpas
Há portas pesadas, empenadas que
não facilitam caminhos
Não abra portas que não facilitem o caminho
Use seus instrumentos
Olhe profundo e coloque suas duas mãos quentes,
queimando o desejo de viver
Coloque suas mãos na porta e empurre
Respire somente do outro lado
Cruze, descruze os dedos
O silêncio é mortal

Este é o meu presente

O meu corpo incômodo
O meu teto de vidro
aquele que gostas de atirar, irmãozinho,
irmãzinha,
— aqui sinto nos peitos as pedras de tua moral
Este é o meu sentido de revide
O meu laço sem teu pacto
O meu corpo na carne aberta
Este é o meu terceiro sexo
Minha escolha
Minha noite crua
Minha violência
Meu berro
Teu nariz torcido
Tua negação explícita
Teu medo do meu tamanho
Tua dor da minha existência
Insistência
Tua vontade de asfixiar
meu corpo medonho
Meu pensamento livre
Minha fala sem pudor

Este é o meu corpo insuportável
E o teu peso de me ver passar
O teu sonho de me destruir
com pedras na arena
com tochas na praça
— Meu irmão
— Minha irmãzinha
Este é o meu corpo insustentável
Menarca, menopausa e potência
Corpo que me carrega Eros, Narciso,
um cisne negro no meio das coxas
Um corpo que oferta em teus olhos
a vontade de expulsar o estranho,
a estrangeira, a bastarda ilegítima
Este é meu corpo que acesso
em chamas pelos corredores
de tantas passagens sinistras
carregando o peso dos mortos,
minha tempestade,
tormentas,
verdades
até engatilhar por inteiro
tua vontade de morte e dor
Este é o meu corpo que fere
o teu ódio amigo
o abismo com que sempre me abraças

A passageira

a música que me acorda
é o silêncio
a música que me adormece
é o silêncio
eu entro no vulto da noite

com meus pés bailarinos
em absurdo silêncio
eu viajo entre mundos
descalça, apaziguada,
resignada, absurda,
extrema e estou
em silêncio

na música que fala pouco
eu danço sobre o envelhecimento
a corda aperta o corpo
e faz rupturas quando deve
entender o rangido, o som marítimo

do murmúrio das ondas:
a queda do mar
nos meus braços amantes

eu me encontro a feiticeira noturna
embriagada de minhas fabulações:
quero ser outras
quero ser muitas
sou tudo que me escapa
sou a música lacrimosa
que me consome

a solidão é minha
a liberdade é minha
todos os vazios são nada

Deus canta uma canção de ninar,
ela é triste como eu
Deus é triste

Tudo é silêncio
Tudo é música

A clandestina

Meu mundo resolveu morrer
Não sei devo chorar
Não sei se deito ou levanto
Se seco o peito ou me espanto
Mas meu mundo resolveu morrer
Vai cantando feito um galo
pela manhã de sol e chuva
Meu mundo tão finito
Imprevisível
resolveu morrer
Vontade de partir amanhã cedo
com todos os meus
Os meus estão morrendo
E falta pouco, eu sei
Só não sei se deito ou me lanço
para aguardar a noite mais funda
a fome mais perfeita
a dor no peito, a mais aguda
o dia mais belo de comunhão

Vontade de morrer e viver
meu mundo resolveu partir

minha casa, carne viva, está perdida
para o passado
e meu mar, meu pranto
engoliu a terra
abraço lápides
converso com mortos
e me deito com velas

sou o navio, o naufrágio
e a clandestina que acena
e a testemunha que chora

Vai, mundo

A herança

Suspendi o tempo da casa, cansada de suas traições
Tantas foram as semelhantes do
reino, líquidas como eu.
Quebrei a janela de emergência e
resgatei a menina do armário
Coloquei o barba azul na caixa de ninar memórias
Abandonei o cárcere e caí no espanto
Não irei mais para a terra de nossas
ruínas, aquelas tão bem arrumadas
O mar seguirá morto, eu não
Abro a mala que me chega das Estepes
e vejo uma nova lente de contato
Com ela registro o futuro que ficou para trás
Cada imagem é um corpo sem castigo
Brinco de ser a mulher que me descama
Sou dela. Sinto seu bom perfume na pele
Quero ser seu lobo
Deixo ser

Da língua à serpente

Das tripas, coração
A escrita do corpo se faz
na pele, as tripas
na língua, as gentes gentis
nas línguas portuguesinhas ao grelo
no corpo, sujo e santo
no fogo, marcadas com ferro
são línguas dançantes seculares
no fio terra, queimadinhas
Das tripas, sente o coração
Consente o coração
Pupilas
Papoulas
Pressentes
Plumagem
— é teu o vestíbulo

Sim, eu tentei ser toda gente

mas tudo em mim foi vírgula mal colocada
excessiva ou faltosa
uma linguagem extraviada
um deserto querendo mapa
um punhal caindo do céu
uma tormenta
uma ligação que escapa
uma democracia arruinada
um nevoeiro desejando fog
abraço meus fantasmas
por minha meritocracia
como da própria carne:
uma canibal faminta, alucinada,
que na incapacidade de dizer da morte,
assobia, morde, chora, treme
coagula e fica nua no final —
no ato corajoso de ser sua verdade:
uma fera sempre será uma fera
mas, sim, eu tentei ser toda gente

Milagros

Falta pouco
Falta um triz, uma fração de angústia,
um segundo de chão, um fiapo de tempo
de dezembros difusos,
da linguagem da fome

Agora a noite e o dia vão se unindo,
iluminada estrada de novos mistérios

Falta pouco, mãe
Falta pouco, irmã, irmão
Um triz, uma força de respiro
Um sinal de luz

As velas de acender levam nosso espírito quebrado,
mas nunca desistido
Falta um pouco só para juntar de volta
os lutos, o tecido de insistir

Falta um pouco, minha dor soberana,
meu assobio fino de morte

Vai chegando à larva,
o gosto de terra firme,
o vermelho da fruta,
a justa vingança,
o revidar dos pássaros

O Inexorável

Sempre ele
Um golpe de vento no rosto, o inexorável
Um golpe da vida e o inexorável trauma
Viver é traumático no inexorável do outro
A existência alheia.
O golpe de azar
Dor para mastigar
Golpe para beber
Inexorável o espelho que me vê
Desorganiza meus anos, dança de morrer comigo
Inexorável tempo de deitar na cama
Esperar sentenças e escusas
Preciso fechar a porta devagar,
ficar de fruta esquecida
inexorável é tudo que não brinca de alegria.
Eu brinco
Eu finjo

A cebola

Amar a palavra do dia:
a palavra amiga
A palavra descanso
A palavra saliva
A palavra nova, a despida
A palavra que brilha na tarde
O amor da tarde
Amar na palavra
sem tempo de desperdício
ou rastro qualquer de negação
Amar na ação e urgência
Ser o sol do poema
sem alarmes,
a raiz que teima

Cortar o que te faz chorar

Ficção

Há sempre um pouco de passado no presente
Há sempre um pouco de derrota no presente
Um pouco de desleixo
Um pouco de amargos
Há sempre no presente um pouco
de esquecidos por fazer
Uma memória na xícara quebrada
uma antecipação alienígena

Depois do fim do dia
Há sempre um pouco de presença
De ouvidos mortos para o futuro
Há sempre uma ficção que caberá bem

Noite e dia

um pássaro se ocupa de morrer em minhas mãos
dentro do meu peito
dentro do meu travesseiro
quando me deito
um pássaro lavadeira
a noiva do sábado
de branco, vermelho e preto
é uma tristeza viúva
um pássaro na madrugada se ocupa em morrer
dentro das casas, as mãos cruzadas,
os corpos de bruços
De onde cai o céu nesta noite?
De qual deserto nasceu tua língua?

Entre os ossos da cidade eu me ocupo de morrer
todos os dias
noiva serpente
e viúva do mesmo amor

um pássaro morto entre as mãos
se ocupa de me matar com suas notícias

um pássaro preto, vermelho e branco
carrega toda tristeza das aves migratórias
e se ocupa da morte
noite e dia
noiva mãe e viúva
do mesmo amor

um rio grande e seco
numa vida simples e escura
onde anjos também gritam de dor

Atenas

eu não sinto mais medo da morte
não sinto mais medo de perder quem eu amo
nem sequer sinto medo de perder
eu já estive em tantos lugares de desencanto
e desespero
eu já não sinto vontade de doer e gozar
eu já vivi em tantos lugares, já vi tantas perdas
eu sei do frio que habita os corações dos humanos
eu sei do gosto de sangue quando batem na face
eu já bebi do meu próprio sangue
eu já não sinto pena de mim
eu já escalei o alto
e carreguei a morte no ventre
e já pari a morte de Deus
as asas de Deus
eu também comi as asas de Deus
e enfrentei todos os tubarões da ilha
eu já cheguei do outro lado do monte
e não sinto mais o medo do berro que cala
nem do abandono que cala
nem da indiferença que mata
eu já escrevi a minha própria história

eu já lancei as cordas, os cabelos, os anéis
e agora moro nesta nova casa vazia
eu já não tenho mais medo da vida
e só tenho o que sou, um vestido arruinado,
um vento que nos governa sem dó

Acerto de contas

Tudo que não foi do amor
está perdido
É tarde para começar
Tarde para resistir
Tarde para conhecer

Mas nada do que é o amor
está perdido
É tempo para começar
É tempo para resistir
É cedo para conhecer

Tudo é verso
O nada é voz

A música

Dentro de mim mora um rio luminoso
que sabe distinguir os caminhos da escuridão
O rio que me atravessa sabe escolher
onde vai desaguar sua luz,
qual a escuridão que guarda
alegria, verdade e semente
Ao atravessá-la ambos trocam os
segredos da nascença e da bonança
Ambos se fazem par nos dias de intenso
inverno ou prolongado verão
A música que embala a noite escura do rio
é a mesma que toca a magia do rio

Para escutar a noite

Parei para escutar a noite,
Porque a noite sabe falar meu idioma
A noite sabe guardar os meus poemas
E ela os recita em meu ouvido enquanto permaneço

A noite com seus longos braços de mulher e amante
Sabe guardar as minhas palavras
Nenhuma gota se perde,
Nenhuma loucura sinistra, nenhuma melancolia,
Nenhum pássaro engaiolado,
Nenhuma solidão de mãe e filha

A noite existe para nos dar o poeta
Nos guardar palavra nas têmporas,
outras vias lácteas

A brisa

O grande amor tarde chegou
Durou o tempo de uma canção
Durou uma cor de outono, terracota
Um gosto de cor damasco

Eu bem tentei segurar os grãos
Cedendo dentro do vidro
Com minhas pernas de aranha
Com minhas coxas de pássaro
Com minhas palavras de amor

Não durou o tempo da borboleta
Voou com suas asas gigantes,
Amada criatura transitória e
Transcendente,
gosto cor tom atonal
atravessando o peito
com sua lança
de Deus Sol

eu, em lágrimas de cera,
pólen dançando nua

a hora das flores,
fiquei com minha cura e ferida
dor serena extinta
com dias novos para gestar

o grande amor chegou a tempo
há tempo não sentia nada
e em tempo ainda de girar o destino,
a chave,
e ser

A utopia

utopias rodopiam
como uma gota de chuva na língua
uma espera sentida
como uma mariposa na montanha
uma mariposa num terremoto
uma simples mariposa como a terra
que treme no coração amigo
como uma melancolia no verão
uma melancolia no meio do quarto
assustada como uma mariposa
líquida como uma gota
na alma amiga
como uma solidão bem-vinda
como uma dose de tempestade
um terremoto na sala
um dilúvio de espera
no território amigo
e eu te amo ainda mais
como os profundos rios
por me deixar o sentir
na solidão amiga:
— Utopias rodopiam

Quando chega a noite

É precioso ter uma vaga esperança
Uma vaga lembrança na cidade dos vivos
Uma ilusão perfeita para não adestrar
Saber que o caminho é o de
colecionar amores perdidos
E algumas fontes de amizade
A noite traz algo de inútil como eu
Umas horas vazias no meu vazio,
Umas fitas cassetes com cheiro de nova velhice
A noite traz minha vontade de escrever
Que te amo historicamente
Entre as esculturas gregas e o ocaso
E que, fatalmente, escreverei sobre amar
aquele último ser maravilhoso,
o vampiro anti-Kronos das minhas memórias

Quando chega a noite
Eu sou a cabeça da serpente,
Um animal primitivo e iluminado,
Uma amostra grátis da solidão.
Tenho um domingo todos os dias para matar

com luvas, meias e alguma sorte
de pelica

o tempo dos homens esmaga tudo, eu sei,
mas meu coração é indolente

O animal

Que animal é este na porta da casa?
És tu, amor?
Este animal que me agita o sangue
e escreve imagens no corpo
És tu, o amor?
Na noite quente que anuncia
a mudança do tempo, desfolhando
a grande árvore da vida.
És tu, a grande morte dos homens?
Que animal é este que hoje dormiu
na casa da minha infância?
Mãe? Pai? Vestida de azul a noite fria.
Onde está o amor que eu deixei vingar?
És tu, no meu rosto brilhando?
Meu risco no mundo,
meu tratado de existência arriscada?
Quem És, animal secular que canta?
Casa? Morte? Sonho? Vida inadequada.
Mar? Sorte? Azar?
Eu nua na tua boca.
És tu, a festa?
Saudade, és tu?

Vento, mar, sede, risco, casa,
figos, noite, alegria, mistério,
as mãos por dentro,
o sangue agita
Eu nua na tua boca,
saudade é corpo infinito

O mergulho

A beleza nascerá do teu pulo
Do suspenso nas gangorras
Do espaço que é nada
Nada aqui
Nada agora

A doçura de um deus nascerá do teu pulo
Do corpo no suspenso
Nem líquido nem sólido
Só pulo

Nada é seguro
Nem tua mãe ou teu pai
Nada é nada
Mergulha

A poesia, o mito e o amor

Toda poesia parece resistir no amor
O amor resiste porque precisamos
Vencer o susto da morte
O mito resiste para olhar a morte de perto
O amor vem sempre doce e honesto,
Pousa na boca da existência e no meio fio da vida
O mito revela o milagre e a dor
A poesia os encena
e se equilibra nas palavras de abraçar
O amor luta contra os horrores do tempo,
Fica velho de espera e tonto de presença
O mito abre a passagem da morte
No frio do mundo, na dor do mundo,
na ausência do mundo,
A poesia se deita entre as pernas do amor
e canta uma música de chuva
para a maldade de ser mundo passar

O teatro

às vezes acho que guardo um tambor no peito,
um tambor que responde por mim
bem diferente da minha escrita tardia,
sempre atrasada no dizer,
horas em banho maria de pranto e riso
sou atrapalhada demais, por exemplo,
para escrever que amo
quando vejo é tarde demais, nunca existiu,
mora em outro país, virou folha em branco
talvez somente eu tenha conhecido,
esbarrando meu braço entre as verduras
e frutas cítricas da feira de orgânicos
talvez eu tenha inventado por minha
própria insalubridade de viver
com meus inferninhos internos,
minhas ruínas, fragmentos,
essas demolições de se pensar
poeta nos tempos do fim
mas o tambor, este fica, ele toca o
contínuo da música no nevoeiro,
e louco e santo, um peregrino, continua aqui,

antecipando e atrasando no mesmo ritmo
batendo som e pausa,
insistindo, fazendo sangrar o pano
com muita disciplina e cadência

Selvática

não, o demônio não há de ser para sempre
o feminino

ser é só um percurso matrifocal
atravessando as agulhas do tempo:
ser é o olho do mundo
que não me procura mais
porque envelheci

mas se eu o vejo e desejo
e se o mundo me enxerga desnuda e imensa:
então eu me entrego e sou:

eu, o outro e o mundo

A conclusão

Viver é dilema constante
Ninguém nasce sabido
Tudo se aprende
e se desaprende
Viver é improviso laboral
Não há rigidez que escape
Não há métrica que dê conta
Tudo nesse viver é feito de nadas
Nada dizer para tudo dizer
Nada fazer para tudo fazer
Pequenos, grandes nadas
E nada não é o vazio
O vazio é da ordem da morte do viver
O vazio é o rato que roeu a roupa do rei
Viver é a desordem do vazio
É de outra a natureza,
ampara o fruto que grita e não quer nascer
Viver é esse viajante torto
Um dia é passante,
no outro, ninguém

E assim termina

a floresta sombria
guarda meu corpo morto
quebra os cristais do tempo
quebra os silêncios dos ossos
na linguagem do trauma

estou neste corpo quebrado
de mar, boneca descartável
velha, a bolorenta
esquecida de usar nas pedras
e deixada para o luto surrado do amor
sou a bruxa eterna de pelo branco
e ofereço maçãs para as jovenzinhas
com as quais meu lobo se deita

na floresta sombria
sou o corpo do pássaro-Rei
dilacerando corações,
carregando carcaças
quebro sinistros
acendo clareiras

negociando o luto do amante
com ouros de acender no escuro

cruzo territórios
com meu corpo armado,
renascido, ardendo
até ser livre
o feio, abjeto negado,
vesgo, susto, vil,
mole, frouxo,
monstro, o radical
dorso da baleia
a vida dói
e o corpo é muito
o tempo elástico
absorve minhas quedas
sou como a dama da noite
oferecendo o odor da sobrevivência
sem dívidas com os deuses

a coragem guarda meu corpo novo
o *pulp*
incontrolável

Querido fantasma

No fim e no começo
estamos SóS

somos sóis
e atravessamos

Êxtase

Este fantasma que me abraça sou eu
Todos me abandonaram e sou viúva de mim mesma
Mas o sol que ilumina, cuida e
abençoa esta densa floresta
É meu amigo e protetor

Entro nas estranhezas do que me aguarda
Limpei minha nova casa com gotas de almíscar
Não levo nada em meus bolsos e
estou nua das desgraças alheias
Corro entre os vestígios do que fui
Recrio a rota
E estou bela em meu cavalo de voar

Sombra e Luz

À noite
quando vem a chuva
e eu me deito em mim
ainda há luz

Preparação

Preparar o livro para o parto
Como quem deseja Deus
Escrever o que te sangra
Partir como quem chega
Não desistir
Até ver a luz

Jamais esquecer de brilhar
antes de cerrar as cortinas

E eu, sozinha, sem pátria, sou ultrajada pelo marido, raptada duma terra bárbara, sem ter mãe, nem irmão, nem parente, para me acolher desta desgraça. (...) Aliás, cheia de medo é a mulher, e vil perante a força e à vista do ferro. Mas quando no leito a ofensa sentir, não há aí outro espírito que penda mais para o sangue.

Medeia

Posfácio – O sorriso da Medeia

Se deus é limitado o que dizer de mim, olhando os limites que se colocam aqui — ao meu redor hoje sem evidências ou revelações necessárias? Apenas os limites. Tenho curiosidades sobre deus, sempre tive. Se acreditar fosse possível, eu teria tido menos tristeza e solidão. A curiosidade não ampara ou sossega, apenas instiga, cria questões insolúveis para as coisas que julgamos complexas e racionais, mas não são. Talvez eu tenha uma espécie de religiosidade muito genuína e isso não me torna mais importante. Conhecer a morte depois de uma tragédia muito íntima me fez despertar outros sentidos, explorar o transitório, amando esse transitório. Mas ainda assim, consigo me sentir um tanto esquisita e frágil. Adoraria ter um deus urgente para criar e acreditar, para não sentir meus dias mortos de alguma coisa da qual não dou conta. Tentei escrever poemas para entender, mas não obtive o necessário desprendimento. Tornar-me a flor madura dessa consciência foi um impacto profundo na ideia de deus, ampliou-me o sentimento de orfandade e, por consequência, a solidão das coisas que me habitam. Parece errado, eu sei. Finalmente eu cresci sem um deus para confessar a minha vida atropelada, cansada, pequena. Só quem sabe de um deus pode perdê-lo.

Não é bonito mostrar esse rosto em tempos difusos de pouca escuta, e não carregar na máscara pode ser um desastre para um ser humano no mundo do esquecimento do outro. É um desastre ser desviante. E estar sozinha ainda é uma condição de liberdade que parece não natural para as mulheres. A escrita amortece esse sentimento de sentir-se fora do mundo, mas cria sua angústia. No fim, jogar xadrez com a morte parece a inevitável certeza. Viver para esse jogo. E essa certeza, grávida de incertezas, nos torna humanos em-si, numa decisão antilógica ao estruturado. Com essa certeza, a alteridade não é uma opção nem uma circunstância, é a principal forma de nos manter vivos enquanto há vida. Foi a única forma que encontrei para continuar. Por isso escrevo. Porque preciso desse território.

A outra

Este livro quer fazer sonhar teus escândalos

Campbell em *O herói de mil faces*, 2007, diz que o herói recebe o chamado e cabe a ele aceitar ou recusar a aventura. Quando Patrícia entrou em contato perguntando a possibilidade de eu ler e escrever sobre seu novo livro, não me demorei a responder, porque sei do compromisso e da maturidade poética que tem essa mulher, porque acredito na escuta que ela faz do mundo, no sotaque que ela tem e na desconstrução e reconstrução da sua linguagem quando fala desse mundo.

Eu chego nos escritos dela como tempestade que só vem para refazer a paisagem. Encosto meu ouvido na língua dela e ouço todas as vozes que ela entoa. Essas vozes chegam a mim como pedradas que soluçam e cantam, todas atiradas com a mesma força.

Eu te saúdo, mulher escutadora do mundo, caixa registradora dos desagrados e estouros de piedade, porque nos teus versos luz e sombra são costuradas, reafirmando a existência humana, afinal: A escuridão é o milagre da luz. É o que me diz tua voz poética no livro de agora.

Para a literatura não há esquecimento, ela recompõe as lutas perdidas, preparando-as para o novo embate. É o que faz, outra vez, a poeta Patrícia Porto neste livro *Toda mulher que ama é Medeia*.

Algumas confusões são feitas quando ouvimos falar em poesia contemporânea, importante dizer que o período, por si, não marca essa estamparia. Para Agamben, 2012, por exemplo, há que se visitarem dois extremos, pois que são peças fundamentais na construção desse gênero. Para se saber contemporânea, a poesia precisa experimentar o escuro e a luz do seu tempo. Patricia Porto é aranha rainha nessa estamparia. É na poesia que ela tece suas teias entrando na trama do que Agamben discursa.

Toda mulher que ama é Medeia, se instala muito bem no lugar da contemporaneidade quando investigarmos o mito Medeia, nele luz e sombra se entrecruzam e salta atravessando passado, presente e futuro de todas nós, mulheres quando amamos.

A epígrafe "Os deuses sabem quem começou esta espiral de horrores" é outro prenúncio da ligação da poeta com a poesia contemporânea.

Quando digo que não é o tempo marcado pelo calendário que vai determinar o lugar da poética escrita por Patrícia Porto, é porque ela sabe muito bem visitar a sombra, ou o escuro dito por Agamben, e sabe desviar desse escuro, caso a linguagem determine que ela entre na luz. E num admirável passeio, ela vai da ancestralidade, tempo da natureza originária, até o presente/futuro, tempos marcados pelo gosto dos controles remotos.

É nesse lugar que habita a mulher poeta que se sabe, naturalmente, parte constituinte do gênero poesia contemporânea. Ela é esse: eu, a pérola do teu umbigo / o monstro e a luz que nasceu das tuas dobras.

Em outros tempos Safo, Gilka, Hilda, mulheres de língua de fogo, arrancavam dos seus esconderijos o nosso erotismo. Hoje, a mesma mulher que transitou na *Cabeça de Antígona*, 2017, reconheceu que *A memória é um peixe fora d'água*, 2018, abriu uma *Casa de boneca para elefantes*, 2019, revela o retrato, em preto e branco, de cada uma de nós, iluminando nossos porões, deixando correr livre o amor que atravessa as nossas Medeias por inteiro:

> *— candura é foder contigo sem relógios*
> *marcando os sisos, os risos,*
> *e os sinais dos nossos dias mundanos*

É assim que Patrícia descreve quem somos na medida perfeita com todos os ângulos.

Muito penso o lugar da escrita poética e o lugar da autoria. Aprendi com Foucault, 2009, a tecer a morte do autor e desfilar no mundo sem culpa. Com Barthes, 2004, a lição de dar ao sujeito o grau zero da escrita e assim salvar a sua linguagem, que é bem mais que autora/autor.

Nesse livro, outra vez, a voz da poeta salta do seu eu para um lugar múltiplo, traçando um plano de fuga do particular para o universal. Nele a autora reafirma o estado de arte da linguagem, capaz de atravessar tempos, mundos, pessoas, ela se veste de um eu que conta histórias e empresta o corpo da sua escrita a tantas outras leitoras, que amam como Medeia:

> *corpos bárbaros ocupam novos espaços*
> *o horror de não viver já basta*
> *são os outros mundos ferinos dessas outras expatriadas*
> *dessas noites sombrias com dentes caninos*
> *comendo a carne do tempo*

Quando aceitei fazer o posfácio do livro da Patrícia, eu sabia que seria arrebatada, melhor usar meu dialeto e lhes dizer com meu sotaque de mulher amazônida, eu sabia que seria mundiada, que me entregaria diante de uma linguagem poética muito bem estruturada, pensada, arquitetada por Patrícia Porto.

Aqui estou, indo e vindo em cada virar de página desse livro que é também reza e ação, por todas nós, mulheres em reconstrução.

No livro *Toda mulher que ama é Medeia* a escrita voa com desejo de se perder da autoria e ter um caso secreto com leitoras e leitores que por ele passarem. Neste teu novo livro: A casa agora é outra e não lhe veste mais / as pernas, os braços, a cabeça.

Não quero me demorar nestas páginas, porque sei que quem aqui te lê, precisa preencher suas próprias lacunas e responder por quem é, depois de sair desse retrato em preto e branco de si.

Tua escrita deixa de ser eu, sujeito singular, pra ser eus. Ela é polissemia viva, ela me incorpora e há de atravessar outros e outras: mulheres, homens, bichos, chão, terra, água e toda natureza que queira falar, afinal poesia é linguagem e corpo de tudo:

> *O meu corpo incômodo*
> *O meu teto de vidro*
> *aquele que gostas de atirar, irmãozinho,*
> *irmãzinha,*
> *— aqui sinto nos peitos as pedras de tua moral*

Este livro quer visitar a casa dos parentes, conhecidos e desconhecidos, amigos e passantes. Ele quer estourar os cadeados, refazer os escombros de quem atravessar suas linhas. Entra nele sem pressa e retorna quando chamado. Este livro quer fazer sonhar teus escândalos.

Que assim seja.

Giselle Ribeiro
poeta e professora de teoria literária na UFPA

Este livro foi composto em Minion Pro
e impresso em papel pólen bold 90g/m²,
em janeiro de 2025.

Impressão e Acabamento | Gráfica Viena
Todo papel desta obra possui certificação FSC® do fabricante.
Produzido conforme melhores práticas de gestão ambiental (ISO 14001)
www.graficaviena.com.br